LE MÉRITE

DES FEMMES

Par LEGOUVÉ.

L'ART D'AIMER,

Par GENTIL BERNARD.

Cet ouvrage se trouve aussi chez BLOCQUEL-CASTIAUX, à Lille, et chez les principaux libraires de la France et de la Belgique.

LE
MÉRITE DES FEMMES,

POEME

Par LEGOUVE.

PARIS,
Chez DELARUE, éditeur, quai des Augustins, 11.

1842

LILLE. — TYP. DE BLOCQUEL-CASTIAUX.

AVANT-PROPOS.

Les femmes, chez tous les peuples, reçurent des hommages de la poésie et de l'éloquence. En Grèce, Plutarque composa la Vie des femmes illustres, où il cite une foule de traits qui les honorent; en France, plusieurs écrivains les présentent, dans leurs ouvrages, sous des couleurs avantageuses (1). Mais c'est en Italie qu'elles ont été jugées avec le plus d'enthousiasme. Un grand nombre de poètes et de prosateurs ont exalté leurs attraits et leurs vertus (2). Quelques-uns même leur ont donné la prééminence sur les

(1) Diderot, Thomas, Bernardin-de-Saint-Pierre, Grétry, Ségur le jeune, etc.

(2) Les plus remarquables sont Greg. Porzio, Crist Bronzini, Lod Domenichi, Ortensio, Landi, Vinc. Maggi, Gir, Ruscelli.

hommes (1). Quoique je me plaise à soutenir la cause des femmes, je ne leur accorde point une supériorité que la nature semble leur avoir refusée ; je ne veux que leur conserver le rang qu'elles doivent occuper dans la société, en démontrant qu'elles en sont le charme, comme nous en sommes l'appui.

Les satires de Juvénal et de Boileau contre les femmes sont admirables sous le rapport de la poésie ; sous celui de la vérité ont-elles le même prix ? Je ne le crois pas. J'ai tâché, en adoptant une opinion opposée à la leur, de l'emporter par l'impartialité, trop certain de rester inférieur par le talent. Juvénal et Boileau n'ont attaqué les femmes qu'en traçant leurs défauts ou leurs vices particuliers ; j'ai cru pouvoir les défendre en peignant leurs qualités générales. Je les présente comme belles, comme mères, comme amantes ou épouses, comme amies, comme consolatrices : n'ont-elles pas, presque toutes, ces avantages ? et n'ai-je pas été plus juste que les

---

(1) Entre autres C. Agrippa. Il fit en 1506 un traité : *De l'excellence de la femme au-dessus de l'homme.*

deux poëtes qui les ont dépréciées, si j'ai dispensé aux femmes l'éloge que mérite le plus grand nombre, lorsqu'ils leur ont prodigué le blâme qui n'appartient qu'à quelques unes; si j'ai enfin raisonné d'après des généralités, tandis qu'ils n'ont raisonné que d'après des exceptions?

Quelle que soit envers elles l'aigreur de Juvénal, son siècle lui donne une apparence d'équité. Né sous le règne de Caligula, vivant sous plusieurs des douze empereurs, de ces monstres dont l'histoire est celle de l'humanité dans sa plus honteuse dégradation, il vit des dames romaines, aussi dégénérées que leurs époux, qui tremblaient aux pieds des maîtres les plus vils, se faire inscrire sans pudeur sur le registre des courtisanes, et quitter publiquement un hymen consulaire pour les embrassements d'un histrion ou d'un gladiateur. On conçoit qu'une âme généreuse ait été offensée du spectacle de tels excès : Juvénal le fut jusqu'à l'indignation. Sans doute on peut lui reprocher de l'exagération dans les pensées, de l'enflure dans le style; mais si sa véhémence est quelquefois outrée, elle est toujours éloquente, toujours vertueuse. Il paraît partout pénétré du désir de faire triompher les mœurs. Il a pu penser que, pour atteindre ce but, il fallait montrer les vices des femmes dans une sorte de nudité, il fallait les épouvanter elles-mêmes de l'image de leurs désordres; et leur plus zélé partisan doit lui pardonner son animosité, en faveur de ses intentions et de son génie.

Boileau, supérieur à Juvénal, n'a pas comme lui l'excuse de son siècle à donner. En effet qui pouvait de son temps l'animer contre les femmes? Était-ce leur société? On sait que sous le règne de Louis XIV, où la nation prit un élan extraordinaire, l'amabilité des femmes fut portée aussi loin que le talent des hommes; et que les deux sexes, en développant, l'un tous les moyens de plaire, l'autre toutes les ressources du génie, concoururent également à faire de ce beau siècle une des époques les plus brillantes de nos annales. Etaient-ce leurs mœurs? Sans doute elles ne furent pas toujours irréprochables : mais l'exemple du Souverain; qui mettait de la dignité jusque dans ses amours, le ton de sa cour, noble et réservé quoique voluptueux, celui de la bonne compagnie, qui se faisait un devoir de l'imiter, le frein d'un culte ennemi des passions, des principes d'une éducation soignée, tout invitait les femmes à couvrir leurs fautes de cette décence qui est presque la vertu : c'étaient des faiblesses, mais sans emportement ; c'étaient des erreurs, mais sans scandale ; et le sage ne pouvait en être blessé, puisqu'il n'y voyait que l'empire d'un sentiment avoué par la nature, et qui, dans son abandon même, lorsque les droits de la pudeur y sont ménagés, donne un nouveau prix à la sensibilité, et ajoute encore aux grâces.

Deux autres grands poètes modernes, Milton et Pope, ont, comme Boileau, déprimé les femmes en beaux vers, dont le motif n'est pas plus facile à expliquer. Comment en effet Milton a-t-il pu les présenter sous des traits odieux, après s'être plû à peindre Ève sous des couleurs si séduisantes ? Comment Pope, qui a soutenu, dans son profond Essai sur l'homme, que *tout est bien*, n'a-t-il pas craint de paraître s'élever contre son propre système, en décriant un sexe qui n'est pas assurément l'ouvrage le moins intéressant du Créateur ? Une telle contradiction dans les écrits de tous ces détracteurs des femmes ne donne-t-elle pas le droit de se défier de leur arrêt ; et de croire que, dans leurs diatribes poétiques, ils n'ont cherché qu'à faire briller leur talent, soit en rivalisant avec le satirique ancien, soit en avançant un paradoxe, toujours plus piquant à soutenir qu'une vérité ?

Plusieurs prosateurs célèbres ont aussi laissé échapper sur les femmes des réflexions malignes; mais aucun n'a fait contre elles un ouvrage. Tous mêmes, à l'exception de Montaigne, ont vanté plus souvent la finesse de leur esprit, la bonté de leur cœur, la magnanimité de leur amour pour leurs enfants; et d'après cette espèce de réparation, l'on ne doit voir dans leurs critiques qu'un caractère d'impartialité qui donne plus de poids à leurs éloges.

Lorsque j'ai composé ce poème, je n'ai pas seulement eu dessein de rendre justice aux femmes, j'ai encore voulu, en retraçant leurs avantages, ramener dans leur société un peuple valeureux que les secousses de la révolution ont accoutumé à s'en éloigner, et, par ce moyen, le rappeler à sa première urbanité, qu'il a presque perdue dans la lutte des partis. Avouons-le, les Français avaient les grâces d'Athènes, ils ont pris un peu de la rudesse de Sparte; et l'exemple de ceux de nos parvenus dont l'esprit a été faiblement cultivé, l'influence de cette génération nouvelle dont la guerre a interrompu ou altéré l'éducation, peuvent augmenter de jour en jour ce changement dans la physionomie nationale. Quel obstacle opposer à ces progrès? le commerce aimable des femmes. Elles polissent les manières; elles donnent le sentiment des bienséances; elles sont les vrais précepteurs du bon ton et du bon goût; elles sauront nous rendre les grâces, l'affabilité, qui étaient un de nos traits distinctifs, et recréer, pour ainsi dire, cette nation que tant de troubles, de forfaits et de malheurs, ont jetée hors de son caractère. Si les chefs de la terreur les avaient mieux appréciées, ils auraient versé moins de sang: l'homme qui les chérit est rarement un barbare.

LE MÉRITE

DES FEMMES.

POÈME.

Le bouillant Juvénal, aveugle en sa colère,
Despréaux, moins fougueux, et non pas moins sévère,
Contre un sexe paré de vertus et d'attraits
Du carquois satirique ont épuisé les traits :
De ces grands écrivains je marche loin encore ;
Mais j'ose, défenseur d'un sexe que j'honore,
Opposant son empire à leur inimitié,
Célébrer des humains la plus belle moitié.

Lorsqu'un Dieu, du chaos où dormaient tous les (mondes,
Eut appelé les cieux, et la terre, et les ondes,
Eut élevé les monts, étendu les guérets,
De leurs panaches verts ombragé les forêts,
Et dans l'homme, enfanté par un plus grand miracle,
Eut fait le spectateur de ce nouveau spectacle,
Pour son dernier ouvrage il créa la Beauté.
On sent qu'à ce chef d'œuvre il doit s'être arrêté.
Eh! qu'aurait fait de mieux sa suprême puissance ?
Ce front pur et céleste où rougit l'innocence,
Cette bouche, cet œil, qui séduisent les cœurs,
L'une par un sourire, et l'autre par des pleurs;

Ces cheveux se jouant en boucles ondoyantes,
Ce sein voluptueux, ces formes attrayantes,
Ce tissu transparent, dont un sang vif et pur
Court nuancer l'albâtre en longs filets d'azur;
Tout commande l'amour, même l'idolâtrie.
Aussi, ne lui donnant que le ciel pour patrie,
Des peuples généreux virent dans la beauté
Un emblême vivant de la Divinité.
Dans les sons de sa voix ou propice ou funeste
Les Celtes entendaient la volonté céleste :
Et, prêtant à la femme un pouvoir plus qu'humain,
Consacraient les objets qu'avait touchés sa main.
Un fanatisme aimable à leur âme énivrée
Disait : « La femme est dieu, puisqu'elle est adorée. »
Ce culte dure encore; on voit encor les cieux
S'ouvrir, se déployer, se voiler dans ses yeux.
Même au sein du sérail, qui la tient enfermée
Comme un vase recéle une essence embaumée,
Esclave souveraine, elle fait chaque jour,
Porter à son tyran les chaînes de l'amour;
Et sur nos bords, où, libre, elle peut sans alarmes
Décorer tous les lieux de l'éclat de ses charmes,
Soit que dans nos jardins, dans nos bois fréquentés,
Se promène au matin un essaim de beautés,
Soit que dans nos palais, quand la nuit recommence,
De belles à nos yeux s'étale un cercle immense,
Tous les cœurs attentifs ressentent leur pouvoir :
Même sans les entendre on jouit de les voir;

On goûte la douceur d'un trouble involontaire.
Mais ce sexe, n'a-t-il qu'un seul moyen de plaire?
Amour du monde, il joint à des dehors brillants
Un charme encor plus sûr, le charme des talents.

Aux sons harmonieux d'une harpe docile
Chloris a marié sa voix pure et facile :
L'œil tantôt sur Chloris, tantôt sur l'instrument,
On savoure à longs traits ce double enchantement.
Ses accords ont cessé, son maître la remplace.
Il a plus de science : a-t-il autant de grâce ?
Il enfante des sons plus pressés, plus hardis;
Mais offre-t-il ces bras par l'Amour arrondis,
Qui, s'étendant autour de la harpe savante,
L'enlacent mollement de leur chaîne vivante?
Offre-t-il la rougeur, le touchant embarras,
Qui d'un front virginal relèvent les appas ?
Plaît-il enfin à l'œil comme il séduit l'oreille?
Un bal suit le concert; c'est une autre merveille.
Là, Lucinde, Eglé, Laure, en leur premier prin-
(temps,
Couvertes d'or; de fleurs, de tissus éclatants,
De leur taille légère agitant l'élégance,
Semblent le lys pompeux que le zéphyr balance;
Et de leurs pas brillants le danseur même épris
Sent que Momus pour plaire a besoin de Cypris.
Que seraient sans Cypris les fêtes du théâtre?
Sans doute la beauté qu'Orosmane idolâtre,

Soupirant son amour, ses combats, ses malheurs,
Par le seul art des vers eût fait couler nos pleurs;
Mais de ce rôle heureux quels que soient tous les
(charmes,
L'organe de Gaussin lui conquit plus de larmes.
Oui, Beaux-Arts, oui, la femme, employant vos se-
(crets,
Même sans être vue, ajoute à vos attraits.
Des fleurs par Vallayer sur la toile jetées
On est prêt à cueillir les tiges imitées;
On croit voir respirer les portraits précieux
Où Le Brun immortel attache tous les yeux;
Des Grâces dans leur touche on sent la main aimable.
Les Grâces ont dans tout ce charme inexprimable.
Lisons Riccoboni, La Fayette, Tencin :
De leurs romans l'Amour a tracé le dessin;
Et dans Cécilia, Sénange, et Théodore,
Dans ces tableaux récents l'Amour est peintre encore.
Pour la femme, il est vrai, redoutant un travers,
Un poète voulut lui défendre les vers.
Sans doute il ne faut pas qu'en un mâle délire
Elle fasse parler la trompette ou la lyre;
Mais elle a su prouver que sous ses doigts légers
Soupire sans effort la flûte des bergers.
Est-ce un jeu de l'esprit qu'elle doit s'interdire?
Peut-être on aime mieux, quand on sait bien le dire.
Laissons-là donc sans crainte exercer à son tour
Un art qui peut tourner au profit de l'amour.

Graves censeurs du sexe, à vos regards sévères :
Tous ces dons enchanteurs ne sont qu'imaginaires.
Ah ! si par ses talents il ne vous peut charmer,
Ses services du moins sauront vous désarmer.
Comment les méconnaître ? Avec notre existence
De la femme pour nous le dévoûment commence.
C'est elle qui, neuf mois, dans ses flancs douloureux
Porte un fruit de l'hymen trop souvent malheureux,
Et, sur un lit cruel longtemps évanouie,
Mourante, le dépose aux portes de la vie.
C'est elle qui, vouée à cet être nouveau,
Lui prodigue les soins qu'attend l'homme au berceau.
Quels tendres soins ! Dort-il ; attentive, elle chasse
L'insecte dont le vol ou le bruit le menace :
Elle semble défendre au réveil d'approcher.
La nuit même d'un fils ne peut la détacher ;
Son oreille de l'ombre écoute le silence ;
Ou, si Morphée endort sa tendre vigilance,
Au moindre bruit rouvrant ses yeux appesantis,
Elle vole, inquiète, au berceau de son fils,
Dans le sommeil longtemps le contemple, immobile,
Et rentre dans sa couche, à peine encore tranquille.
S'éveille-t-il ; son sein, à l'instant présenté,
Dans les flots d'un lait pur lui verse la santé.
Qu'importe la fatigue à sa tendresse extrême ?
Elle vit dans son fils, et non plus dans soi-même ;
Et se montre, aux regards d'un époux éperdu,
Belle de son enfant à son sein suspendu.

Oui, ce fruit de l'hymen, ce trésor d'une mère,
Même à ses propres yeux, est sa beauté première.
Voyez la jeune Isaure, éclatante d'attraits :
Sur un enfant chéri, l'image de ses traits,
Fond soudain ce fléau qui, prolongeant sa rage,
Grave au front des humains un éternel outrage.
D'un mal contagieux tout fuit épouvanté ;
Isaure sans effroi brave un air infecté.
Près de ce fils mourant elle veille assidue.
Mais le poison s'étend et menace sa vue :
Il faut, pour écarter un péril trop certain,
Qu'une bouche fidèle aspire le venin.
Une mère ose tout, Isaure est déjà prête :
Ses charmes, son époux, ses jours, rien ne l'arrête,
D'une lèvre obstinée elle presse ces yeux
Que ferme un voile impur à la clarté des cieux,
Et d'un fils, par degrés, dégageant la paupière,
Une seconde fois lui donne la lumière.
Un père a-t-il pour nous de si généreux soins ?

Bientôt d'autres bontés suivent d'autres besoins.
L'enfant, de jour en jour, avance dans la vie :
Et, comme les aiglons, qui, cédant à l'envie
De mesurer les cieux, dans leur premier essor,
Exercent près du nid leur aile faible encor,
Doucement soutenu sur ses mains chancelantes,
Il commence l'essai de ses forces naissantes.
Sa mère est près de lui : c'est elle dont le bras

Dans leur débile effort aide ses premier pas;
Elle suit la lenteur de sa marche timide ;
Elle fut sa nourrice, elle devient son guide.
Elle devient son maître, au moment où sa voix
Bégaie à peine un nom qu'il entendit cent fois :
Ma mère est le premier qu'elle l'enseigne à dire.
Elle est son maître encor dès qu'il s'essaie à lire;
Elle épelle avec lui dans un court entretien,
Et redevient enfant pour instruire le sien.
D'autres guident bientôt sa faible intelligence,
Leur dureté punit sa moindre négligence ;
Quelle est l'âme où son cœur épanche ses tourments ?
Quel appui cherche-t-il contre les châtiments ?
Sa mère ! elle lui prête une sûre défense,
Calme ses maux légers, grands chagrins de l'enfance :
Et sensible à ses pleurs, prompte à les essuyer,
Lui donne les hochets qui les font oublier.
Le rire dans l'enfance est toujours près des larmes.
  Tu fuis, saison paisible, âge rempli de charmes,

Pour faire place au temps où l'homme chaque jour
Sort du sommeil des sens, et s'éveille à l'amour.
Déjà son front se peint d'une rougeur timide;
Dans son regard plus vif brille une flamme humide;
Son cœur s'enfle et gémit; de ses soupirs troublé,
Tout son sein se soulève et retombe accablé;
Dans ses veines en feu son sang se précipite;
Son sommeil le fatigue, et son réveil l'agite;
Il s'élance inquiet, avide, impétueux,

Il promène au hasard ses vœux tumultueux ;
Il poursuit, il appelle un bonheur qu'il ignore :
De qui l'obtiendra-il ? c'est d'une femme encore!
Une femme, en secret lui rendant ses soupirs,
Rêveuse, s'abandonne à ses vagues désirs.
O première faveur d'une première amante !
Dès que, sur l'incarnat d'une bouche charmante,
Il a bu des baisers le nectar inconnu,
Dès qu'un nouveau succès, par degrés obtenu,
L'a conduit, dans les bras de sa belle maîtresse,
De surprise en surprise au comble de l'ivresse,
Il se croit transporté dans un autre univers
Où la terre s'éclipse, où les cieux sont ouverts :
Il ne se connaît plus, il palpite, il soupire;
Il se sent étonné du charme qu'il respire;
L'ivresse de ses sens a passé dans son cœur,
Il nage dans un air tout chargé de bonheur.
Sa maîtresse! ô combien son regard la dévore !
Il la voit comme un dieu que sans cesse il adore :
Son cœur brûlait hier, son cœur brûle aujourd'hui
Il ne sait s'il existe ou dans elle ou dans lui;
Paraissent-ils ensemble au milieu d'une fête,
Son œil préoccupé ne suit que sa conquête.
Vient-il chercher, sans elle, au lever d'un beau jour
Le doux exil des champs, lieu plus cher à l'amour ;
Chaque objet la lui rend : l'éclat des dons de Flore,
C'est l'éclat de ce teint que la pudeur colore ;
L'azur du firmament par l'aurore éclairé,

C'est l'azur des beaux yeux dont il est énivré;
Le rayon du matin, c'est la douce lumière
Qui luit si tendrement sous leur longue paupière;
Le murmure flatteur des limpides ruisseaux,
Le souffle des zéphirs, le concert des oiseaux,
C'est le son de la voix qui répond à son âme :
Tout l'univers enfin l'entretient de sa flamme.
Pour lui plus de langueurs, plus de maux, plus d'ennuis;
L'amour remplit, enchante et ses jours et ses nuits;
Il n'a qu'un seul objet qui l'occupe et l'embrase;
Et son heureuse vie est une longue extase.

Un tel sort n'appartient qu'aux cœurs vraiment épris.
L'homme, hélas! trop souvent en méconnaît le prix;
Il cède à l'inconstance; et, semblable à l'abeille
Qui, cherchant des jardins l'odorante corbeille,
Dans son vol passager, des plus brillantes fleurs
Pompe légèrement le suc et les couleurs,
Il court de belle en belle, et ses ardeurs errantes
Lui livrent tour-à-tour vingt Grâces différentes.
Mais ce bonheur changeant, vaine félicité,
Peut séduire ses sens, plaire à sa vanité;
Son âme, bientôt lasse, en connaît tout le vide;
Il demande à l'hymen un lien plus solide :
Il choisit une épouse, et redevient heureux!
Ce temple orné pour lui de festons et de feux,
Ces amis unissant leur présence et leur joie

A la solennité que ce jour lui déploie,
Cette vierge qui vient en face des autels
Se soumettre à ses lois par des nœuds immortels,
Et belle de candeur, de grâce, et de jeunesse ;
Lui donne de l'aimer la publique promesse;
Cette religion dont le pouvoir pieux ;
Grave de son bonheur le pouvoir dans les cieux ;
Ces parents attendris dont la main révérée
Lui remet de son nom leur fille décorée,
Et cette nuit heureuse où, dans sa chaste ardeur,
D'une épouse ingénue étonnant la pudeur,
Il entend s'échapper d'un modeste silence
Ce premier cri d'amour surpris à l'innocence ;
Tout renouvelle ensemble et son âme et ses sens.
De jour en jour livrée à ses feux renaissants ;
Si des transports fougueux que le bel âge inspire
Elle ne lui fait pas retrouver tout l'empire,
Elle donne sans cesse à son cœur satisfait
Un penchant plus durable, un bonheur plus parfait ;
Elle fixe chez lui la douce confiance,
La tendresse et la paix, vrais biens de l'existence,
Tempère ses chagrins, ajoute à ses plaisirs,
Soulage ses travaux, et remplit ses loisirs.
Oui, des plus durs emplois où l'homme se prodigue
Elle sait à ses yeux adoucir la fatigue :
Artisan, souffre-t-il par le travail lassé ;
Il revoit sa compagne, et sa peine a cessé.
Ministre, languit-il dans son pouvoir suprême,

Au sein de son épouse il vient se fuir lui-même.
Il y vient oublier l'ennui, le noir soupçon,
Qui mêlent aux grandeurs leur dévorant poison,
Et, distrait de l'orgueil par l'amour qui l'appelle,
Du poids de ses honneurs il respire auprès d'elle.
Elle est dans tous les temps son soutien le plus doux.

Un fils lui doit le jour ! O trop heureux époux !
Quel trésor pour ton âme ! Avec quel charme extrême
Tu te sens caresser par un autre toi-même !
Tu presses sur ton cœur ce gage précieux,
Tu recherches tes traits dans ses traits gracieux !
Tu compares surtout et l'enfant et la mère ;
S'il t'offre son portrait, il te la rend plus chère.
Comme ton œil ému, dès qu'il sort de tes bras,
De tous ses mouvements suit l'aimable embarras,
Et voit avec ivresse en ta maison bruyante
Jouer, courir, grandir ton image vivante !
Comme dans ses penchants, qu'il t'offre sans détour,
Tu démêles déjà ce qu'il doit être un jour,
Et te plais, de son âge oubliant la faiblesse,
A pressentir dans lui l'honneur de ta vieillesse !
Et si l'hymen, donnant une sœur à ton fils,
De ton cœur paternel double les droits chéris,
Dans quel enchantement tu vois près de sa mère
Cette enfant rechercher d'autres jeux que son frère,
Chaque jour se former par tes soins vigilants,
Croître en esprit, en mœurs, en attraits, en talents,
Et d'un vertueux sexe, en ses regards pudiques ;

Promettre la sagesse et la grâce angéliques !
Tu dois à ton épouse un destin si flatteur.

Il est, comme ces nœuds, un lien enchanteur,
C'est la pure amitié. Tendre sans jalousie,
Des hommes qu'elle enchaîne elle charme la vie;
Mais auprès d'une femme elle a plus de douceur :
C'est alors que d'Amour elle est vraiment la sœur.
C'est alors qu'on obtient ces soins, ces préférences,
Ces égards délicats; ces tendres complaisances,
Que les hommes entre eux n'ont jamais qu'à demi ;
On a moins qu'une amante, on a plus qu'un ami.
Est-il quelques projets que votre esprit enfante;
Vous aimez qu'une femme en soit la confidente.
Elle pèse avec vous, dans un commerce heureux,
Ce qu'ils ont de certain, ce qu'ils ont de douteux.
Êtes-vous tourmenté d'une peine profonde;
C'est un charme à vos maux qu'une femme y réponde.
Elle prend mieux le ton qui calme les douleurs;
Son œil aux pleurs d'autrui sait mieux rendre des (pleurs;
Et son cœur, que jamais l'égoïsme n'isole,
Dit mieux au malheureux le mot qui le console.
Bon La Fontaine, ô toi qui chantas l'amitié,
Avec La Sablière ainsi tu fus lié!
Prolongeant, sans amour, des entretiens aimables,
Elle écoutait ton cœur, tes chagrins, et tes fables;
Au fond de ta pensée allait chercher tes vœux;

Sauvait tout soin pénible à tes goûts paresseux,
Et, chassant de tes jours les plus légers nuages,
Te donnait un bonheur pur comme tes ouvrages.
Tels sont d'un sexe aimé les différents bienfaits.

Mais s'il mène aux plaisirs ; il invite au succès.
Notre gloire est souvent l'ouvrage d'un sourire.
Quel homme, pour charmer la beauté qui l'inspire,
Se livrant aux travaux qu'un regard doit payer,
S'il possède un talent, ne souhaite un laurier ?
Ce désir est surtout l'aiguillon du poëte.
Sitôt que l'amour parle à son âme inquiète,
Dévorant nuit et jour les écrivains fameux,
Il ne respire plus qu'il ne soit grand comme eux.
Dans ce cirque imposant où règne Melpomène,
Il soumet un ouvrage aux juges qu'elle amène :
Quelle chaleur, quel choc de sentiments divers !
Le feu qui le consume a passé dans ses vers.
Dans les scènes, surtout, où l'action pressante
Peint les feux d'un amant, les douleurs d'une amante,
Chaque vers est empreint de ce style enflammé
Que cherchent vainement ceux qui n'ont point aimé.
Du trouble le plus doux il fait goûter les charmes ;
On l'applaudit du cœur, de la voix et des larmes :
Il triomphe, et s'écrie en son transport brûlant :
O femmes ! c'est à vous que je dois mon talent.
Ce jeune homme rampait dans un repos vulgaire ;
D'où vient que maintenant il appelle la guerre ?

C'est qu'aux yeux de l'objet dont son cœur est épris,
Si Mars le rend fameux, il aura plus de prix.
Par les femmes toujours la valeur fut chérie.
Vous le prouvez, ô temps de la chevalerie !
Dans cet âge célèbre où régnait la beauté,
Quand partait des combats le signal redouté,
La maîtresse d'un preux, excitant sa vaillance,
Lui donnait fièrement et son casque et sa lance,
Attachait son armure, où, d'un travail heureux,
Elle avait enlacé leurs chiffres amoureux.
Souvent il recevait d'une amante intrépide
Un voile pour écharpe, un portrait pour égide.
Fier de ces ornements, par une femme armé,
Il combattait, de gloire encor plus affamé;
Vingt drapeaux étaient pris, vingt cohortes domptées;
On eût dit qu'il portait des armes enchantées !
Triomphant, au retour quel était son bonheur !
L'avouant pour amant, d'accord avec l'honneur,
Dans la solennité d'une superbe fête,
Elle seule plaçait le laurier sur sa tête;
Et ce prix, dans son cœur tendre et fier tour-à-tour,
L'un par l'autre augmentait la vaillance et l'amour.
Ah ! dans nos jours guerriers, pourquoi ce noble usage,
Qui sut de nos aïeux enflammer le courage,
N'a-t-il pas, s'alliant à notre essor nouveau,
De notre république embelli le berçeau ?
Sans ce doux aiguillon nous fûmes indomptables;

Mais serions-nous moins grands si nous restions ai-
(mables ?
Dignes de notre nom, soyons toujours Français.
Je veux voir, dans l'éclat de nos divers succès,
Des vierges, ornements de nos fêtes publiques,
Présenter aux guerriers les palmes héroïques.
C'est ainsi que les Grecs modèles des humains,
Couronnaient un vainqueur par les plus belles mains,
Et, donnant cet attrait aux faveurs de la gloire,
Deplus nombreux exploits remplissaient leur histoire.
Rappelons ces honneurs tels qu'ils les ont connus :
Il faut que Mars toujours soit l'amant de Vénus,
Et que par leur accord notre vaillante audace
Offre un brillant mélange et de force et de grâce.
Qui mieux que la beauté peut armer la valeur ?
Elle-même de Mars sent la noble chaleur.
N'a-t-on pas vu jadis une femme grand homme
S'opposer dans Palmyre aux ravages de Rome ?
Une autre, vers l'Euphrate enchaîné sous sa loi,
Combattre en conquérant et gouverner en roi ?
Que dis-je le laurier n'appartient-il qu'aux reines ?
Non ; mille autres encor, sans être souveraines,
Osèrent dans un camp, généraux ou soldats,
Presser d'un dur airain leurs membres délicats,
Couvrir d'un casque affreux une tête charmante,
De leurs débiles mains prendre une arme pesante,
Et, cherchant les périls exposèrent aux coups
Ces attraits destinés à des combats plus doux ;

Noble effort, où, comptant sur une double gloire,
Leurs bras, comme leurs yeux, leur donnait la victoire.
Fière Télesilla, j'atteste tes exploits.
J'atteste ta valeur, qui défendit nos lois,
Jeanne d'Arc : Orléans tremblait pour ses murailles;
Tout-à-coup, du hameau t'élançant aux batailles,
Tu parais; le soldat, à son honneur rendu,
Croit voir l'ange de Dieu dans ses rangs descendu.
Tu combats : l'Anglais perd sa superbe assurance :
Du joug de l'étranger tu délivres la France ;
Tu rends libre Orléans; et dans Reims étonné
Tu ramènes ton roi, qui fuyait détrôné.

Sexe heureux ! son destin est de vaincre sans cesse.
Mais peut-être le fer sied mal à sa faiblesse ;
Ses pleurs, arme plus douce, ont autant de pouvoir.
Aman proscrit les Juifs, Esther est leur espoir,
Aux pieds d'Assuérus, de ses larmes ornée,
Esther demande grâce, et leur grâce est donnée.
Le fier Coriolan, aux Volsques réuni,
Revient exterminer Rome qui l'a banni :
Tribuns, consuls, vieillards, pontifes et vestales,
Tout presse ses genoux sous ses tentes fatales;
Inclinés devant eux, devant son front altier,
Ses dieux même, ses dieux semblent le supplier,
Mais il n'écoute rien qu'une aveugle colère,
Il est prêt à frapper... Il n'a pas vu sa mère!
Elle entre : Rome en vain la séparait d'un fils ;

Immolant cette injure au bien de son pays,
Elle implore un vainqueur qui cède à sa prière :
Les pleurs de Véturie ont sauvé Rome entière.
Les pleurs ont mille fois désarmé les héros.
Vainement Edouard au glaive des bourreaux
Veut de Calais dompté livrer les six victimes :
Son épouse défend ces Français magnanimes,
Et, d'un prince terrible arrêtant la fureur,
Rend la vie aux vaincus et la gloire au vainqueur.
Quel bonheur pour les rois et la terre soumise
Qu'une femme sensible au trône soit assise!
L'opprimé trouve en elle un généreux secours.
Souvent même, échappée à la pompe des cours,
Du chaume ou des prisons cherchant l'ombre impor-
(tune,
Elle vient recueillir les cris de l'infortune,
Les porte au souverain; et ces tristes accents
Réveillent de son cœur les soins compatissants.
Elle obtient du pouvoir, qu'elle rend plus affable,
Un poste à l'indigent, un pardon au coupable;
Elle le fait chérir par ses bienfaits nombreux,
Et le monarque est grand quand le peuple est heureux.
Quel éclat doit ce sexe à sa vertu suprême!
Mais ne la montre-t-il que sous le diadème!
A l'exercer partout son cœur est empressé.
Ouvre-toi, triste enceinte où le soldat blessé,
Le malade indigent et qui n'a point d'asile,
Reçoivent un secours trop souvent inutile.

Là des femmes, portant le nom chéri de sœurs,
D'un zèle affectueux prodiguent les douceurs.
Plus d'une apprit longtemps dans un saint monastère,
En invoquant le ciel, à protéger la terre,
Et, vers l'infortuné s'élançant des autels,
Fut l'épouse d'un Dieu pour servir les mortels.
O courage touchant! ces tendres bienfaitrices,
Dans un séjour infect, où sont tous les supplices,
De mille êtres souffrants prévenant les besoins,
Surmontent les dégoûts des plus pénibles soins;
Du chanvre salutaire entourent leurs blessures,
Et réparent ce lit témoin de leurs tortures,
Ce déplorable lit, dont l'avare pitié
Ne prête à la douleur qu'une étroite moitié.
De l'humanité même elles semblent l'image;
Et les infortunés que leur bonté soulage
Sentent avec bonheur, peut-être avec amour,
Qu'une femme est l'ami qui les ramène au jour.

O femmes! c'est à tort qu'on vous nomme timides:
A la voix de vos cœurs vous êtes intrépides.
Pourquoi de vils bourreaux, dans l'empire thébain,
Dévouant Antigone aux horreurs de la faim,
La plongent-ils vivante en une grotte obscure?
C'est qu'à son frère mort donnant la sépulture,
Sa main religieuse à la tombe a remis
Ces restes qu'aux vautours la haine avait promis.
Elle savait la loi qui la mène au supplice;

Mais elle n'a rien vu que son cher Polynice,
Qui, privé du tombeau réclamait son appui ;
Et pour l'ensevelir elle meurt avec lui.
Qu'a fait cette Eponine à l'échafaud conduite ?
Dans un obscur réduit, où dérobant sa fuite,
Sabinus d'un vainqueur trompa dix ans les coups,
Elle vint partager les périls d'un époux :
De l'amour conjugal ô mémorable exemple !
Par elle un souterrain du bonheur fut le temple.
Aux yeux de Sabinus elle sut chaque jour
Embellir par ses soins le plus affreux séjour,
Des plus sombres échos lui charma la tristesse,
En les adoucissant des sons de la tendresse ;
Et du roc qui la nuit les recevait tous deux
Fit la couche riante où l'hymen est heureux.
Blanche est plus grande encor : dans Bassane assiégée
Son époux était mort ; et près d'elle érigée,
Chaque jour une tombe a reçu sa douleur.
Bassane cependant cède au fer du vainqueur.
Parmi les flots de sang que verse sa vengeance,
Jusqu'au palais de Blanche Acciolin s'avance ;
Il la voit, il l'adore, il tombe à ses genoux ;
Et vainqueur, il réclame un triomphe plus doux.
Elle veut résister : il frémit, il menace ;
Au respect de l'amour a succédé l'audace.
Blanche, près de subir l'horreur de ses transports :
« N'insulte pas, dit-elle, à la cendre des morts.
» Ici repose, hélas ! un époux que je pleure :

» Laisse-moi sans témoins l'embrasser. Dans une (heure
» De mon triste destin tu pourras disposer. »
Le vainqueur attendri n'ose la refuser.
Lui-même de la tombe il fait lever la pierre :
Il sort, ivre d'espoir. L'auguste prisonnière
S'élance sans pâlir près de ce corps glacé;
Et, d'un sein amoureux l'ayant encor pressé,
Elle attire sur soi, de ses mains assurées,
La pierre qui couvraient les dépouilles sacrées;
Et, s'écrasant du poids sur sa tête abattu,
Du tombeau d'un époux protège sa vertu.
Que ne peut le devoir sur ces âmes fidèles!

Eh! pourquoi loin de nous en chercher les modèles?
Naguère, en nos climats, lorsque de tout côté
Pesait des Décemvirs le sceptre ensanglanté,
N'ont-elles pas prouvé par mille traits sublimes
Combien leurs sentiments les rendent magnanimes?
La Peur régnait partout : plus de cœurs, plus d'ami;
Le Français du Français paraissait l'ennemi;
Chacun savait mourir, nul ne savait défendre.
Elles seules, d'un zèle ingénieux et tendre,
Pour détourner la mort qui nous menaçait tous,
Osèrent des tyrans aborder le courroux.
Celle-ci, dès l'aurore au repos arrachée,
Attendait leur présence, à leur porte attachée :
Celle là, d'un geôlier insensible à ses pleurs,

Désarmant par son or les avares fureurs,
Dans un sombre cachot, d'un époux ou d'un père
Accourait chaque jour consoler la misère
L'une d'un objet cher qui marchait à la mort
Demandait avec joie à partager le sort.
L'autre cédait aux feux d'un juge sanguinaire,
Pour les jours d'un époux vertueuse adultère :
Toutes enfin, l'appui des Français malheureux,
Parlaient, priaient, pleuraient, ou s'immolaient pour
(eux.
Leur âme en nos dangers fut toujours secourable.
Remontons au moment où d'un règne exécrable,
Septembre ouvrit le long et vaste assassinat.
Dans le sommeil des lois, dans l'effroi du sénat,
Des monstres, qu'irritaient Bacchus et les Furies,
Aux prisons, en hurlant, portent leurs barbaries.
Ils mêlent sous leurs coups les sexes et les rangs;
Ils jettent morts sur morts, et mourants sur mou-
(rants :
Tout frémit... Une fille au printemps de son âge,
Sombreuil, vient, éperdue, affronter le carnage :
» C'est mon père, dit-elle, arrêtez, inhumains! »
Elle tombe à leurs pieds; elle baise leurs mains,
Leurs mains teintes de sang! C'est peu; forte d'au-
(dace,
Tantôt elle retient un bras qui le menace,
Et tantôt, s'offrant seule à l'homicide acier,
De son corps étendu le couvre tout entier.
Elle dispute aux coups ce vieillard qu'elle adore;

Elle le prend, le perd, et le reprend encore.
A ses pleurs, à ses cris, à ce grand dévoûment,
Les meurtriers émus s'arrêtent un moment :
Elle voit leur pitié, saisit l'instant prospère,
Du milieu des bourreaux elle enlève son père,
Et traverse les murs ensanglantés par eux,
Portant ce poids chéri dans ses bras généreux.
Jouis de ton triomphe, ô moderne Antigone!
Quel que soit le débat et du peuple et du trône,
Tes saints efforts vivront d'âge en âge bénis :
Pour admirer ton cœur tous les cœurs sont unis;
Et ton zèle, à jamais cher aux partis contraires,
Est des enfants l'exemple, et la gloire des pères.
Faut-il qu'au meurtre en vain son père ait échappé!
Des brigands l'ont absous, des juges l'ont frappé!

Tel brille en ses vertus un sexe qu'on déprime.
Que sous nos pas tremblants le sort creuse un abyme,
Il s'y jette avec nous, ou devient notre appui;
Toujours le malheureux se repose sur lui.
L'heureux même lui doit ses plaisirs d'âge en âge;
Et, quand son front des ans atteste le ravage,
Une femme embellit jusqu'à ses derniers jours.
Au terme de sa course, il s'applaudit toujours
De voir à ses côtés l'épouse tendre et sage
Avec qui de la vie il a fait le voyage,
Et la fille naïve à qui, pour le chérir,
Il ouvrit le chemin qu'il vient de parcourir.

Grâce aux soins attentifs dont leurs mains complai-
(santes
S'empressent à calmer ses peines renaissantes,
De la triste vieillesse il sent moins le fardeau ;
Il cueille quelques fleurs sur le bord du tombeau ;
Et lorsqu'il faut quitter ces compagnes fidèles,
Son œil, en se fermant, se tourne encor vers elles.

Eh bien ! vous, de ce sexe éternels ennemis,
Qu'opposez-vous aux traits que je vous ai soumis ?
Vous me peignez soudain la joueuse, l'avare,
L'altière au cœur d'airain, la folle au cœur bizarre,
La mégère livrée à des soupçons jaloux,
Et l'éternel fléau d'un amant, d'un époux :
Nous sied-il d'avancer ces reproches étranges ?
Pour oser les blâmer, sommes-nous donc des anges ?
Et, non moins imparfaits, ne partageons-nous pas
Leurs travers, leurs défauts, sans avoir leurs appas ?
Vous ne m'écoutez point ; et, d'un ton plus austère,
Vous m'offrez Éryphile et sa fourbe adultère,
Les fureurs dont Médée épouvanta Colchos,
Le crime qui souilla les femmes de Lemnos,
Messaline ordonnant d'horribles saturnales ;
Et, de l'antiquité passant à nos annales,
Vous mettez sous mes yeux l'affreuse Médicis
Au meurtre des Français encourageant son fils :
Qui ne hait comme vous ces femmes sanguinaires ?
Mais jugea-t-on jamais les rois sur les Tibères ?

Et la femme perverse à d'équitables yeux
Doit-elle rendre enfin tout son sexe odieux ?
Mille étoiles au loin rayonnent sur nos têtes :
Il en est dont le cours amène les tempêtes ;
Mais, quoique leur aspect présage des malheurs,
Trouvons-nous moins d'éclat à leurs brillantes sœurs
Qui viennent, de la nuit perçant les voiles sombres,
Consoler nos regards du vaste deuil des ombres ?
Des fleurs ornent nos champs, mais pour les trahisons
Si plus d'une à la haine offre de noirs poisons,
En admirons-nous moins celles qui sur leur tige
D'innocentes couleurs étalent le prestige,
Et font à l'odorat, comme les yeux charmé,
Respirer le plaisir dans leur souffle embaumé ?
Les femmes, dût s'en plaindre une maligne envie,
Sont ces fleurs ornements du désert de la vie.
Reviens de ton erreur, toi qui veux les flétrir :
Sache les respecter autant que les chérir ;
Et, si la voix du sang n'est point une chimère,
Tombe aux pieds de ce sexe à qui tu dois ta mère.

FIN

www.ingramcontent.com/pod-product-compliance
Ingram Content Group UK Ltd.
Pitfield, Milton Keynes, MK11 3LW, UK
UKHW020401250726
13967UKWH00005B/2404

9 782013 030717